人は眠り花は歩き

松田ゆか

書肆子午線

人は眠り　花は歩き——目次

I

II

カバー絵＝小池さよみ
装　幀＝松田瑞奈子

人は眠り　花は歩き

コスモス色の待合室に顔はいらない
わたしの半身がやさしく呼ばれた
「　中へお入りください　」
さっぱりと花弁をふり落とし
　　すでにおんなが座っている

I

踵のない旅　―森―

無人駅のホーム　10時20分
一人ぼっちが乗り込もうとしたら
シオカラトンボが一匹割り込んだ
あるがままの草むらから
ところどころ見える線路
八月の奥に向かって走る　一両列車

深碧の森は通り抜けるのを待っていた

風はスピードを上げて
窓に映る今を吹き飛ばし

駅を過ぎるたびに私は
死んだ母さんや父さん
あの日の恋人やあの頃の友達
思い出すままに一人ずつ
空いたシートに座らせた

窓枠をつなぐ遠景は緑から水色へ
涙をこらえても　空と湖は合流していく
橋を越えたらみんな　飛んで行っていいよ

次は、終点。

いつか終わる　それだけのこと
シオカラトンボは羽音を消して
開いた扉へと軽やかに

そっちへ行きたい　そっちへ行けない
揺れる気持ちと湿った硬貨
料金箱に落ちて　一握りの不協和音

踵のない旅　―海―

つま先を濡らすことさえ出来ずに
水際から離れていくみじめな足あと
浜辺に落ちた生き物のかけらが顔をあげ
きゅっ。ぽっ。と鳴く

消波ブロックに重なった流木
細く割れて砂に浮かぶ竹
太陽の光と同じ色になって
別れた二枚貝は疲れ果て
開いた心は真っ白ばかり
小指の先くらいの巻貝にも

見果てぬ夢の小さな穴
波が吐き捨てた深海魚が一匹
大きな目はまだうるんでいた
低空を旋回しているトンビ
砂埃も立てずに銜えて飛んだ
もう一羽が横からつつく
空中で鳥葬されてゆく魚
裂かれた白い影が落ちる

海と空のむさぼり合いに挟まれて
ここにいる消しゴム人形だけが獲物を見失い
足元に白藍色のシーグラスが一つ
割れて自由になるガラスのかけら

透かして見える古の月

海の匂いも空の色もまだ始まっていない
波の音だけ聞きながら風の足跡をたどり
浮きは白群の向こうへ投げられた

盗

白く華奢な首筋から
落ちた肩甲骨が翼を広げ
淡い色合いのワンピースを
押している　そのすき間に
午後の陽射しが追いかけて
背骨の突起を三つまで数えた
真夏、照準、雑貨店

うたた寝のあなたの閉じた
まつ毛が夕陽をのせて
長い影を伸ばしていた

貝がらのような頬がしずんでいく
無意識に動く目蓋のリズム
気づいているのか気づかぬふりか
初秋、未知数、川の音

表皮の下でうごめくすべてを止めて
少女から盗んだクローバー
　　返す日を夢見てはいけない

ゾウのお腹

東京がふるさとだとは言いたくなかった
田んぼや畑　海か山　ニワトリやイモリもいて
そういう景色の中じゃないと夏休みの宿題もできない
「ココデウマレタノヨ」と
M産院の前を通るたびに言われたって
友達はいない　学校も知らない　駄菓子を買ったこともない
玄関前の細い道路だけが一人で出かけてもいい範囲だったから

十字架の建物のとなりに公園があった
公園の真ん中に白いゾウの滑り台
しっぽの方から手すり階段で

登ったら真っすぐの滑り台と
くるくる滑り台と
横ちょの滑り台
真っすぐのは鼻の先に
くるくるのはお腹のなかに
横ちょのは足の間に降りる
蝋石のようにひんやりとしてすべすべしているゾウの滑り台
毎日まいにち子どもらを乗せて子どもらに住み着いた
飽きることのないのはゾウが何をしても怒らないから
体を自由に変えて何通りものあぶない滑りをしても
ゾウはだまっていた

何十年か経ってもだまっていた
ゾウは白いままで生きていたけれど少しやせていた
となりの建物の十字架と屋根はあんなに低かったか

公園の隅の電話ボックスで「まだあそんでていい？」と
十円玉でダイヤルしたことも思い出したが　見当たらない
ゾウのお腹の窓から覗く　墓地みたいな基地みたいなふるさと

オーライ?

自分が生き延びるために
こしらえてきたおにぎりが
顔の半分を隠すくらいの
爆弾の形に育ってしまった
そのかたまりをアルミ箔で包み
明暗に挟まれたブロック塀を
老猫のように跨いだ

何車線もあってルールばかりの表通りを前に
渡り切れない人間は陽が暮れるまでうろうろしている
そこへ胸のはだけた老女が手を引いて斜め斜めと

小舟のように向こうへ連れて行ってくれることもあり……
オーライ？

「人」の標識を曲がれ

道端に列をなす項垂れたミイラ
誰も見ない
誰も知らぬふり
この青い花に囁いた人たちが
写真を何枚も撮った人たちが
風に散る　夏になる

刈り落とされるのだろうか
七月、首根っこから一発の空砲と
十二月、しぶとい空腹からの解放

自分は生きていたのか　生きてこなかったのか
同じ道、アルミ箔のかたまりは残り　花とミイラは繰り返し

オーライ?

あやとり語り

両腕分の長さでくるりと風船を描いて
結んだらそれは罠でした
二つの手は土地をもらって
ゆりかごを脇に
畑を耕し
川であそび
また畑を耕して
小舟でとろとろ帰ります
四段はしごを登ったら
畳の空に東京タワーが見えました
上達すれば　網のシートにつかまって

骨だけの飛行機で小さな旅行をしています

雨が降ってひまなときは
一日中カッタンコットン機織りしたり
モヘアのおうむやラメ入りバッタをお招きしたり
たまには言い争いになったこともありました
切ったり切られたり　わたしもあなたも
重さのない思考回路を投げつけたけれど
毛糸は屋根裏で朧げに月と星をうみました

やがて幼子と老人が毛糸の列車に続けざまに乗ってきて
輪っかの端と端を激しく引っ張り合って
一緒に暮らしていくしかないと腹をくくって
古くなった竹藪の一軒家の
まずはほうきで庭を掃きました

十指の巣に絡まった蝶々は
蛍光灯を浴びて葉陰に変身する

毛糸玉とつながった
編みかけのマフラーを
切ってつぎの人生へ

毛羽立ちのなくなったほうきに跨り
やれやれと帰って来た川べり
わたしはカメの歩みを望まず
毛糸玉から前よりも少し長めに切って結ぶ
ウサギになって十二段はしごを登りきれば
滑走路が突き出して
最終便が待っています
水色のアクリル毛糸で軽く

できるだけ遠くに枠だけのふじ山を
あまった一本の毛糸
それがわたしの生活
いつかはひとり罠をほどいて眠りましょう

くちびる

十一月の桜並木通りを
ポケットに手を入れて歩いていたら
女のくちびるが落ちてきた

そのらせんを追うと
路上のあちこちに
赤とかオレンジ色のくちびるが
めくれあがっている

四月の頃
少女だった桜たちは饒舌になり

夏に恋をして
その身をあらわにし
秋に風を追いかけ
ある朝の沈黙を知った

かげり艶やかな女のくちびるを
二枚拾った
たまには
こんな口紅を

ポケットに一枚を忍ばせて
となり町の駅まで行ってみよう
噛みしめた唇は　また歌いたがっている

藤の夜

地下からひねりあがり
柴色の足は乾いて重く
蔦の脈に縛られてきた
腰はしなやかに曲がり四方に広げた腕で
うす紫のちぶさをいっぱいに抱えている
熊蜂
子ども
行列
レンズ
光り
笑い声

泣き声
ピース
チーズ
後ろ姿

胸がふくらむ季節から
すこうしずつ　はなれ
静かに湿った土に膝を折り
藪に隠したひと房の藤の花を抱く
七歳のお祝いの髪飾りにそっくりの
朝つゆ
太陽
にわか雨
産毛
言の葉

秋の風
横顔
みのむし
夜つゆ
落とし物

若苗色の実が熟して
微かに揺れもしなくなったころ
とっくの昔に終わった人の後を追う
わたしの先端にしがみついた水滴は
裂けてこぼれる時に声となる
(巻きつけ
執念はひといろに燃えて
燃えこがれても叶うことのない花のかたち
手招く

古枝の
根元
翳り
蔓を
仕掛け
白紫の
藤の夜
（巻きつけ
人は眠り
花は歩き

II

S字治療院

じつは患者はわたしの方で　S字治療院という看板はあるけれど生まれつき背骨がないゆえ　だれかの背中を踏んで骨を吸収するほかなかった　自分のためにしていることが人のためになるとは思ってもいないが　背に刻まれたその人の道程を両手のひらで撫でまわして掘り起こして　片方の踵で一歩一歩踏み込んでいくと　唸り声や悲鳴を上げて　帰る時にはゆるりSを描きながら「またおねがいします」と言われるのだから　いつ終わるのだろうかのくり返し　踏む側も踏まれる側もその場しのぎの関係であり　結ばれていく関節がある

お客①　ぬかるみ

オイルで小川を描いている
　いちまい　いちまい　と
　　痣がすべっていくように

隠された物語は丸くなった背中から
ラベンダーオイルで撫でるといくつもの
痣が浮かんで来たのです
大きいの小さいの新しいもの古いものが
どれも同じ手のカタチで縁取られていました
抵抗はしていない背骨のゆらぎに
逃げた道と戻った道とがぬかるみ

滑らす十指は仄かな香りを残して
浅く深く迷いこんでしまいます
息をしているのかもわからないほど
削られた肩はふつうを背負っているよう
なぜ夕立はここに降って来たのですか
こんなに白くてふんわりした丘の上に何度も

重力で沈んでしずかに触れる糸
ぴたりと閉じた両足が僅か解けて
白髪をなでる水の爪は紅みを差し
川じりの小石が私の踝にすっぽりと

お客②　ライオン

こんなに色が入った背中でもお断りしませんが
黒いタンクトップからはみ出して滲むインク

シワ寄った湿布を三枚とも舐めるように剥がす
鍛え上げられた肉体は背に顔を造った
わたしの指を噛みつくライオン
大きな肩甲骨が割れていく
小さく震えだすダークグレー
右腕が上がらないようだ
悶絶する赤いグラデーション
ねじれた節目から流れ出し

汗ばんだ波が平手に跳ね返る

その顔が気に入らないのだと言う
左右のバランスが悪いと言う
消せるものなら消してくれと呻いた

首筋の脂汗を踏む
　握りこぶしが緩む
肩の予備動作を踏む
　五本の指が離れた
何かを掴もうとしているライオンの腕はあまりに太く短い
火照った鼻っ面にペシッと一枚湿布を貼ってやる

「また来るから
（また来るのか

お客③　足裏

ガラス越しの陽だまりで
縮こまった足をガーゼで拭く
クリームを塗って軽く揉む

あるときはささくれ
あるときは血が滲み
あるときはむくんだ
埋もれてしまったアーチ橋を行ったり来たり

やすらかになる前に
もっとも称えられるべき足裏は

まっ白な太陽が右の土踏まずから昇り
左のかかとに沈んでいくのを知らないで

オレンジ色のわずかな窪みにも
年輪はテカテカと反射していた

お客④　おやこ

おとうさんと一緒に毎週金曜日に来るこども
「きょうはみぎのしつがいこつ」という
わたしを試しているように　目をそらさない
「ここですね」とそっと撫でると　すぐに
「ぜんぶいたい」といって
自分からベッドに仰向きになった
わたしは人さし指でこどもの踵骨から後頭骨まで
一つずつコンコンと叩いてあげるのだ
寝息が聞こえてくるまでずっと叩いてあげるのだ
おとうさんは何も言わず　支払いを済ませ

先に出て行こうとするこどもを追いかけていく

リセット

今日最後のお客が帰っていった
床を拭き終え
わたしも終わろう

前かがみに滑り込むこの背中を
頭のない模型の骸骨だけが
マニュアル通りに施してくれる

心がないリズムに安らぎ
ころんと落ちていく何か
熱く入ってくる何か

失いたくないものひとつひとつが動いていく
やめないでほしいその手前で
からだは整う

ベッドからすくっと起き上がると
わたしだけのせんせいは
部屋の角に吊り下がって
すこしも動いていない

乗り継ぎ

ないのかー
ここにもないのかー
と、大きな声を震わせて
灰色の縮れ毛の男は
駅の証明写真ボックスから飛び出てきて
そのまま倒れるように床を這う
自販機の下から下へと
骨の折れ曲がった黒い傘でなんども掻き出す

ないのかー
ああ……なにも無いのかー

と、泣いている

「あるよ
通行人の流れを小さく止めて
わたしは膝をつき
腕を伸ばした
なにかあるよ！

＊

駅の中の薄暗い階段に
ハト、光る
隅っこに一羽、オモチャのようだ
人の往来にびくともしない
そんなに人馴れしているのかと
近寄って覗き込むと
足が一本だった

目が合ったら、ハト
プルプルと頭を引っ込めている

「はやく行け
何者かが言った気がした
はやく通り過ぎて行け！
わたしの足は蹴られても

＊

B1の階段を上がる
四、五段目で
深紅の花束を抱え
すれ違うキスとムスクはよろけ
地上の夜は
地下よりも　眩しい

地下よりも　怪しい

駅のゴミ箱に
ひとときの名前を捨てよう
残った口紅を拭い
花びらをむしりながら
終わるまで
電車を　見送った
　偽りを　見送った

次の誕生日を作ればいいって
生暖かい旋風のせいにして
舞い上がった　ラスト一輪は

トンネルあそび

おやゆび……ひとさしゆび……なかゆび
わたしから離れていく三本の指先は
か細い竹をゆらし　ササソソ　ササソソ
毎夜　惰性と依存を上下している

わずか傾けた右から出てくる乾いた音
どなられたの　ふられたの　わらわれたの
聞き流せなかった言葉がそのままの勢いで
あの日あの時投げられた二文字　やっと消えて
相槌と愛想笑いの蓋がキーンと割れた
左を下げれば液状化された耳鳴りが垂れ

ティッシュを細く突っ込むと赤く染まった
苦しさはかゆくなり痛みに変わり　強制終了しかない

何十年もして
ひとり快楽の果てに
開通してしまうとは

左から右へと暴走族とパトカーは過ぎ去り
右から左へとマリンブルーのリボンが抜ける
スプリング　ムーン　ミーン　ハミング連れて
うつろな頭蓋骨はブラーマリーに満ちていった

言葉を聴きたい時は耳を塞げばいい、と
トンネルの継ぎ目でもう一度の夜明けを待っているのだが

破れそうな翅一枚ほどの静寂
毎夜、かすかにスイングする
かゆい……かゆい……かゆい
また途中の壁が作られていく

新しい猫

遅い朝のぼんやりとしたテーブルで
頭の少し斜めをかじられた
固かったのはどっち？
わたしの頭にも骨があったなんて
猫の白いとんがりは痛くて甘い

言葉に遊ばれて捨てられても
ことばのくるぶしをしゃぶり
しゃべらない猫を追い払う日々

キーボードの上に浮いて止まったままの

親指の付け根を引っかかれた
わたしの手にも肉球があったなんて
金星丘に浮き上がってくる　赤いキリトリ線

詩はすでに刻まれてかゆい
不意打ちの空間は歯がゆい
それでも分かり合えない一匹と一人の領分
止め方を忘れてしまった
去り方はまだ知らない

こっちへこないでと祈る　きたなら折れる

猫は鼻の上に世界で一番小さなカクテルグラスを乗せて
「チアーッ
わたしの鼻先に

水滴一つの冷たさ
舐めて二ひきとなれるものなら

肌いろ銀河

乳白の明かりが一人の暗闇を照らす時間
四十度の湯にゆらめく　肌いろ銀河
右ほおの真ん中　臍の下　左の太もも
五十年前、漆黒に輝いていた一等星たち
いまでは朽ち葉色儚げに浮かんでいる
着地した二人だけが知る青墨の星
それは巣立つものへと流れていった

鏡に映っている前かがみの銀河
シャボンの香りで撫でてゆく
泣き疲れた喉も　乾いたくぼみも

泡立つシルクに熱めのシャワーを
うねる宇宙は目をつむる
誰にも見せたくない赤い星の膨らみ
こすっても取ることが出来ない過ちとか

火星から解き放たれた両手は岸をつかみ
プラチナの湯船を熱くする
濡れた丘陵に明滅をかぞえ
滴を落として星座をかえて
淡い光りを脱ぐたびに広がる谷間で
もう一つ　別の影がすべってく

　いつの夜も探したい星があって
追いかけたくて　ぶつかりたくて
背中の途中のつめたすぎる星があって

水葬の泉

いまや
指の重さは無く
脈も消えかけて
そこにも　ここにも
眠っているように
沈んでいた
昨秋の紅が
白になるまで
みずは
その掌を撫でてきた

たえられない、
ためらわない、
流れを待っている水際
色づけされたカタチを
すべて脱ぎ棄て
一本の蔓になった私は
泉水に浸かり
掬いあげた
――忘却の季節――

ハジメマシテ。
白地図に挟まれて
もみじの亡骸は、
もみじを
名乗る

あとがき

第一詩集を出してから五年半。書き続けようという思いから一歩離れて、風の吹くままに詩作のときを過ごしてきました。一つ書くたびに、何か残したい私と何も残したくない私がいてどちらも譲らないのだが、今となっては……。（詩を書いたか）という問いかけが文字にならずに浮かんでいます。

拙詩集をお手に取ってくださった皆様と微かにでもふれあえることを願っております。そして出版に携わって頂きました方々に厚くお礼を申し上げます。

詩篇においては「くちびる」『埼玉新聞』二〇一七年一月三十一日、「踵のない旅―森―」『雨期』76号（須永紀子氏の個人誌）に掲載したものを加筆修正しました。その他は全て書き下ろしです。

松田《まつだ》ゆか
一九六八年、東京都生まれ。
詩集『二十年目の花火』(北溟社、二〇一七年)。
日本詩人クラブ会員、埼玉詩人会会員。

人《ひと》は眠《ねむ》り　花《はな》は歩《ある》き
著者 松田ゆか
発行日 二〇二三年四月一三日
発行人 春日洋一郎
発行所 書肆 子午線
〒一六九-〇〇五一 東京都新宿区西早稲田一-六-三筑波ビル四E
電話 〇三-六二七三-一九四一 FAX 〇三-六六八四-四〇四〇
メール info@shoshi-shigosen.co.jp
印刷・製本 タイヨー美術印刷株式会社

ISBN978-4-908568-36-7　C0092